VENTE

DE

160 Tableaux

PAR FEU

JULES GARNIER

L'Œuvre de Rabelais

CATALOGUE

DE

160 Tableaux

PAR FEU

JULES GARNIER

COMPOSANT

L'Œuvre de Rabelais

DONT LA VENTE AURA LIEU

HOTEL DROUOT, SALLE N° 6

Les Lundi 4 et Mardi 5 Avril 1898

A DEUX HEURES ET DEMIE

M° F. COUTANCEAU	**M. B. LASQUIN**
Commissaire-Priseur	*Expert*
7, RUE SAINTE-ANNE, 7	12, RUE LAFFITTE, 12

EXPOSITIONS, SALLES 5 & 6

PARTICULIÈRE	PUBLIQUE
Le Samedi 2 Avril 1898	Le Dimanche 3 Avril 1898

De une heure et demie à cinq heures et demie

CONDITIONS DE LA VENTE

———

Elle sera faite au comptant.

Les acquéreurs paieront CINQ POUR CENT *en sus des adjudications.*

Les deux jours d'exposition mettant le public à même de se rendre compte de l'état des tableaux, aucune réclamation ne sera admise l'adjudication prononcée.

Tous droits de reproduction des tableaux sont expressément réservés.

AVANT-PROPOS [*]

Quel monde éveille, dans l'esprit, le seul nom de Rabelais! Tout ce que l'âme saine et le génie puissant d'un penseur contiennent de fantaisie, d'observation, d'ironie et d'honnêteté ; un conteur aussi grand qu'Homère, un philosophe aussi sage que Platon, tout cela dans un admirable mélange de la verve gauloise et de la clarté latine, le plus érudit des écrivains et le moins pédant tout

[*] Nous pensons ne pouvoir mieux présenter aux amateurs cette intéressante collection qu'en faisant précéder ce Catalogue :

1° D'un avant-propos d'Armand Silvestre se trouvant en tête de la publication en cours: *Rabelais et l'Œuvre de Jules Garnier*, éditée par E. Bernard et Cⁱᵉ, 53, quai des Grands-Augustins;

2° De la préface écrite par Hugues Le Roux pour le Catalogue de l'Exposition des mêmes Œuvres qui eut lieu à Paris en 1889.

ensemble, et, par-dessus tout cela, un poète admirable par le don de décrire et par la vérité des images, par la force d'invention et la couleur véhémente du style. Toute l'humanité, avec ses élans vers le Beau et la Justice, avec ses révoltes, avec sa gaîté inguérissable devant les lois iniques du Destin, avec ses sanglots contenus et ses rires triomphants, tient dans Rabelais, et je plains ceux qui ne savent pas y trouver tout cela.

Et quelle robustesse dans l'invention! J'entends souvent dire que Rabelais est souvent bon à lire, par passages, au hasard de l'ouverture du livre, à déguster par petites gorgées par les mélancoliques et les dilettantes, comme on goûte un vin précieux. C'est une erreur absolue. Rabelais doit être lu, tout d'un trait, dans l'ensemble de son œuvre, et je ne sais pas de roman plus attachant, d'une composition plus parfaite que *Gargantua* et que *Pantagruel*. Qu'on ne m'objecte pas qu'il est difficile à lire. La langue qu'il parle a une telle tenue que le vocabulaire s'en apprend en quelques pages, comme le dialecte de Théocrite. Et quelle admirable leçon de français que celle-là! Par lui nous remontons aux sources mêmes de notre idiome national, et, avec raison, nous déplorons l'appauvrissement qu'y apporta le principe trop sélectif de classiques moins vraiment classiques que lui.

Je sais encore que la liberté des mots et de la
pensée effraye, en lui, quelques-uns ; il sied bien
de parler au nom de la bégueulerie à une époque
où les plus déshonnêtes inventions et les pires
argots courent les livres à la mode ! Autant ceux-ci
méritent d'être flétris, autant doit être louée l'œuvre franche dans l'expression et précise dans l'idée
du divin Rabelais. Comme son audace bien por-
tante trouverait cette grossièreté voulue, cette
dépravation méditée, cette recherche intéressée
du succès de mauvais aloi ! Lui, l'ancêtre de ces
pornographes ! allons donc ! Il n'indigne que les
imbéciles et les hypocrites, et je définirais volon-
tiers son beau et noble poëme : Le bréviaire des
honnêtes gens !

Ah ! qu'il est bon à lire surtout aujourd'hui,
comme un réconfortant de tant d'impressions mal-
saines, comme un viatique dans le rude voyage qu'il
nous faut faire à travers l'ignominie contempo-
raine, dans ce débordement d'appétits où se ravale
l'esprit contemporain, où l'âme française abdique
sa belle fierté originelle ! Ce qui domine, dans
sa manière, c'est l'héroïsme, et il ne cesse pas
d'être épique même dans le rire, même dans la
plaisanterie. Lettré impeccable, savant accompli,
nourri des maîtres de l'antiquité et formé aux
leçons de l'analyse, il donne la mesure gigantesque d'une organisation unique également ou-

verte à toutes les études et à toutes les admira-
tions. Quelque chose d'infiniment parternel et
bon se dégage de tout ce qu'il écrit, et il ne garde
de colères que pour l'oppression et le mensonge.
Un seul homme peut-être, Voltaire, a eu une
haine aussi généreuse de la tyrannie et un amour
aussi éperdu de la libre pensée. Mais quel génie
plus vaste et quelle compréhension plus haute du
verbe. Ceux qui cherchent les ancêtres de notre
révolution devront remonter jusqu'à lui. En lui
est l'esprit frondeur d'où est sortie la réforme,
mais il ne crut pas devoir l'habiller, comme Cal-
vin, d'une inutile austérité !

C'est, avant tout, à côté du penseur sublime
qu'il est, un maître admirable dans l'art de peindre. Il était donc naturel qu'il tentât les peintres
et que sa plume appelât à elle les ambitions de la
couleur et du crayon. Beaucoup s'y sont exercés.
A aucun il ne convient de demander une pénétra-
tion profonde de sa philosophie, la traduction des
au-delà dont son œuvre est remplie. Il est tel
essor de la pensée où les arts plastiques, avec leurs
ressources matérielles, n'atteignent pas. Il faut
donc louer sans réserve ceux qui en ont le mieux
rendu l'esprit général et le pittoresque.

Jules Garnier me paraît avoir été, à ce point
de vue, le plus heureux. Il a eu cette qualité maî-
tresse de Rabelais : la belle humeur. Il en a eu

cette autre propriété rare : l'abondance. L'idée est donc heureuse de publier, en regard du texte, les images que celui-ci lui a inspirées.

L'ensemble que l'éditeur Bernard met aujourd'hui sous vos yeux vous séduira tout d'abord par la vie intense qui s'en dégage, par l'immense gaîté qui en déborde, par une sève sensuelle qui découle bien du grand arbre dont il illustre les rameaux. La chair y réclame son droit comme il convient dans toute œuvre saine. La Beauté y proclame les siens comme il importe dans une œuvre forte. Les belles filles s'y montrent, *soy rigoulant*, comme dit le Maître, parmi les étudiants déjà penseurs et les hommes d'armes, dans les tavernes et dans les bois, et le poème immortel de l'amour physique y chante à toutes les pages. N'y cherchez pas la malice du dessin obscène, le sous-entendu du crayon vicieux. Non! c'est la belle et pure joie débordant à la coupe pleine de la vie, sous les baisers du soleil et dans la caresse infinie de la Nature. Un peu de Rabelais y revit, — quelle formule d'art prétendrait enfermer tout entier un tel génie, et c'est assez pour que le succès de cette publication indique, de la part du public, un retour consolant à la tradition joyeuse de nos aïeux, à la fantaisie de notre langue originelle, à la source du bon rire et du gai sçavoir, c'est-à-dire au trésor même de nos origines Gallo-

Latines d'où toute gloire littéraire es sortie, où peut seul puiser et se retremper notre esprit troublé par l'admiration irraisonnée de ce qu'ont peint nos voisins.

ARMAND SILVESTRE.

PRÉFACE

ceux qui se demanderaient pourquoi ils trouvent mon nom en tête de ce catalogue, je répondrai tout d'abord.

Au mois d'avril 1887, dans le rapide compte rendu du Salon, que j'écris chaque année pour le *Temps*, j'avais dit à propos du *Vivez joyeux!* de Jules Garnier :

« Quand donc offrira-t-on à cet artiste de
« nous illustrer un *Rabelais?* Il possède tous
« les dons et tout le savoir nécessaires à l'entre-
« prise. Voilà des années qu'il vit dans le
« seizième siècle. Il s'y est taillé une baronnie.
« Il ne le connaît pas seulement en peintre, —
« par l'extérieur, les costumes, les accessoires,

« les architectures, les mouvements ; — il
« l'aime pour sa gaieté victorieuse de la
« douleur, pour son exubérance de vie... »

Il s'est trouvé deux hommes de goût qui ont
donné à Jules Garnier, — et sûrement à bien
d'autres amis inconnus du peintre et de son
œuvre, — l'occasion de voir leur souhait
exaucé. Ils n'avaient point lu les lignes que je
vous citais tout à l'heure ; mais, presque à la
même minute, ils avaient eu la même pensée ;
— et, comme ils étaient gens d'initiative, ils
passèrent du rêve à l'acte.

Il faut leur savoir gré de cette décision. Je
suis sûr que si l'on interrogeait Garnier, il pour-
rait vous citer des noms d'éditeurs auxquels il
a proposé autrefois d'illustrer un *Rabelais* et
qui lui ont répondu :

— Mais vous n'y pensez pas ! Il y a déjà deux
Rabelais à images sur la place, celui de
Gustave Doré, celui de Robida...

Il y en a même trois, à ma connaissance.
L'éditeur Lemerre a publié un *Rabelais* en
plusieurs volumes avec des eaux-fortes de
Bracquemond. Ce sont des pièces délicates,
comme tout ce que signe cet excellent artiste ;
mais le format du livre, sa mise en pages, ne

permettaient pas à Bracquemond d'entrer dans le texte, de vivre de la vie même de l'œuvre; aussi le *Rabelais* de Lemerre est-il plutôt un *Rabelais* enrichi d'une série d'eaux-fortes qu'un *Rabelais* illustré.

Il n'en va pas de même pour l'illustration de Doré, qui suit l'auteur page à page et qui, considérée en dehors du texte, est certainement un monument de *noir* et *blanc*. Pour peu qu'on connaisse le tempérament de Gustave Doré, on devine aisément quels motifs le déterminèrent à entreprendre ce long travail. Il sentait là un grouillement d'hommes, une bousculade de toules, une vie démesurée, surhumaine, *gigantesque,* qu'il aimait à traduire. Il avait, pour regarder la nature, cet œil que les maquignons prêtent aux chevaux : un œil qui grandit tout jusqu'à l'épouvante, un œil pour qui les objets ne sont point matière de perceptions, mais d'apparitions, — l'œil de l'écart affolé sur la route que barre une ombre.

Cette ombre du fantôme, cette tache noire de l'encrier renversé sur la feuille de papier blanc où l'artiste halluciné cherche, — comme dans les passages de nuées sur la lune, — des silhouettes de burgs hantés, voilà le décor de

toute l'œuvre de Gustave Doré. Ce décor était-
il aussi bien à sa place comme fond de la pièce
rabelaisienne qu'en arrière-plan de la *Divine
Comédie,* de la *Ballade du vieux marin,* des
légendes anglaises et scandinaves ? Il est permis
d'en douter. C'est le rire positiviste, et non la
peur superstitieuse, qui est la morale des
cinq livres pantagruéliques. Gustave Doré l'a
mal compris. Une fois de plus, à propos de
Rabelais, il nous a conté son rêve fantastique.
Il n'est pas entré dans le cœur de l'œuvre.

Ce n'est pas désobliger M. Robida de dire
que l'épithète qui le caractérise le mieux est
celle de caricaturiste. Au moment où l'on
pouvait penser que l'élégante formule égyp-
tienne de Grévin commençait à se faire un peu
vieille, Robida nous a apporté une formule
moyen-âgeuse qui procède évidemment de
l'esthéticisme anglais, sinon par l'inspiration,
du moins par les contours géométriques.

L'avantage et l'inconvénient de l'application
de cette formule à l'illustration de Rabelais
sautent aux yeux ; il n'est pas besoin qu'on y
appuie. Le procédé caricatural de M. Robida
devait donner beaucoup de relief à cette partie
de l'œuvre qui est comme la parade du livre

même. M. Robida devait être et il a été le peintre très divertissant de ces « satyres » qui, — selon la parabole de Rabelais, — enjolivent au dehors les boîtes des apothicaires. Il ne nous a pas assez montré ce qu'il y avait dans la boîte.

Ne vous en étonnez point. Il fallait ici plus que de l'habileté, plus que de la virtuosité de plume : un grain de philosophie pratique. On a coutume de citer ces deux vers du dizain qui sert de préface au livre de *Gargantua* :

> Mieulx est de ris que de larmes escrire
> Pour ce que rire est le propre de l'homme,

et l'on oublie toujours ce vers qui précède, qui explique tout, ce vers dont l'omission travestit la pensée de l'auteur :

> Voyant le deuil qui vous mine et consomme...

Rabelais a écrit au milieu de la douleur publique. Autour de lui, le monde était épuisé par les guerres, les famines, les meurtres, les pestes, toutes les misères physiques et morales. La France venait d'avoir son roi prisonnier; la chrétienté tout entière n'était plus défendue contre les Barbares que par l'effort désespéré de la Hongrie. On avait vu des événements inouïs : le siège de Rome par un Bourbon, le schisme, la diète de Worms, celle d'Augsbourg, les anabaptistes, les communistes, la révolte de Luther, les bûchers de Servet et d'Étienne Dolet... Si du sein de ces désespoirs la chanson de la « dive bouteille » s'était élevée comme le hoquet d'ivrogne qui, « quand il a bien bu et bien mangé, veut que tout le monde soit content dans sa maison », Rabelais siégerait pour la postérité au banc des cyniques, entre Pétrone et Lucien.

Il a été élevé à la tribune des philosophes, car son rire, au milieu de l'épouvante universelle, est un acte de courage, au milieu de la désespérance générale un acte de foi. Dans les ténèbres où il vivait, Rabelais a eu foi au règne futur de la Justice. Il l'a souhaitée, il l'a appelée. En l'attendant, il a pratiqué, — ne souriez point, — la religion de la souffrance humaine. La pitié débordait de son cœur. Il en a répandu le parfum autour de soi. Et c'est ce qui a mis sous son éclat de rire comme la sonorité d'un corps de violon.

...Cette musique divine que l'on ne perçoit point tout d'abord, étouffée qu'elle est par les bruyantes parades, on peut affirmer que Jules Garnier l'a entendue. C'est sa récompense d'avoir vécu des années dans l'intimité de l'auteur qu'il souhaitait illustrer un jour. Que de fois je me souviens, pendant les solitudes de l'hiver, d'avoir visité le peintre dans son atelier de campagne, où il s'enfermait douze mois l'an avec sa charmante femme, ses enfants et ses chevalets!

Il ne traînait jamais qu'un livre sur la table, immense, encombrée par les dessins : *le Gargantua;* mais ce bréviaire-là était corné, crayonné à toutes les pages. On voyait bien qu'on n'y cherchait pas seulement un divertissement, une féerie, mais une nourriture de l'âme, une consolation de la vie violente, le secret de cette gaieté héroïque qui fait bon visage au prochain et refoule sa douleur en soi-même.

C'est parce que Jules Garnier avait, — selon le précepte du Maître, — « par curieuse leçon et méditation fréquente, rompu l'os et sucé la scientifique moelle de ces livres de haute graisse » que l'illustration en est si facilement née sous ses doigts.

Avec la liberté que lui laissait ce programme : « peindre d'après l'œuvre de Rabelais un certain nombre de toiles qui représenteraient dans leur ensemble la légende de Gargantua et de Pantagruel », il ne s'est pas préoccupé de suivre le texte dans sa rigueur. Il a été à sa volonté, selon l'inspiration, prolixe ou silencieux. Il s'est contenté de peindre les grands aspects du livre, la guerre, la table, l'amour, l'étude, la pitié, la mythologie.

Dans les nombreuses occasions qu'il avait de montrer les deux géants en bataille, il a évité le plus qu'il a pu de leur conserver ces tailles surhumaines qui déséquilibrent la composition et nuisent au caractère. Il a gardé à Gargantua et à Pantagruel leurs encolures caricaturales, seulement quand cette disproportion physique était l'explication même de leur mouvement. (*Par exemple, dans l'histoire de l'inondation du parmi Notre-Dame et du vol de carillons.*) Pour l'habitude, il s'est avisé que Rabelais oubliait à sa commodité la géanterie de ses protagonistes, — et il a fait de même.

D'autres occasions ne manquaient point d'ailleurs, — et celles-là plus plastiques, — d'étaler le triomphe de la chair rebondie, l'exubérance vitale. Il faut espérer que nulle pudibonderie ne reprochera à Jules Garnier d'avoir été aussi hardi, aussi bien portant, aussi gaillard que son auteur. Je vous le demande en vérité : serait-elle complète, une galerie rabelaisienne où pas un Père Capucin, pas une gente dame ne montreraient leur « figure à s'asseoir », où les servantes de cabaret mettraient sur leurs gorges, rebondies comme des ballons, le mouchoir de Tartuffe : C'est un bonheur qu'en ces temps où la vie fut si mauvaise pour l'individu, l'instinct d'amour ait été si fort. J'accorde que la délicatesse sentimentale n'eut pas grand'-chose à voir dans ces roulées sur l'herbe qui suivaient les bombances. Paillardise! direz-vous. Je le crains; mais c'est peut-être à cette paillardise que la race dut alors de ne point finir. Et, ma foi, *indulgentiam*... pour le péché par qui je vis à l'heure qu'il est.

Quant à la facture de ces cent soixante toiles, ceux qui ont suivi le peintre depuis ses premiers succès y remarqueront sans doute un changement notable.

Il y a quelques années, Jules Garnier, qui avait commencé par une peinture assez haute de ton, avait tout d'un coup changé sa palette. Pendant quatre ou cinq Salons, il se montra enfermé dans un parti pris de gris très délicat, très transparent, mais très absolu. Il était visible qu'il s'y plaisait. Il semblait n'en plus devoir sortir. C'était l'influence du paysage, de

l'enveloppe d'air où il vit et peint d'habitude.
Le pan de bois qui, au bord du Pavé des
Gardes, entoure sa maison de campagne, abrite
une mare d'une centaine de mètres carrés de
superficie que l'on appelle la « Mare à Corot ».
De fait, le vieux peintre vint souvent planter
son chevalet sur ces bords. C'est un endroit
délicieux. La lumière, qui tombe sur la mare
comme par une large baie, fait sous les arbres
un jour blanc, adouci, où tous les objets appa-
raissent enveloppés d'un fin brouillard.

Pendant des années, été comme hiver, Garnier
a peint au bord de sa mare, prisonnier de ces
gris délicats. Il était encore sous leur charme
quand il a commencé son *Rabelais*. Mais, bien
vite, devant la variété des sujets à peindre, son
parti pris s'est dissipé. Il a senti que rien
n'était trop chaud, trop vibrant, pour donner à
telle scène de la grande épopée pantagruélique
le relief dont elle a besoin. Il est revenu au ton
franc, hardi, aux effets de pleine lumière, mais
avec quel art plus consommé qu'autrefois, avec
quelle délicatesse et quelles nuances, apprises
dans sa retraite de grisaille !

Et voici que l'œuvre est finie. Comme toute
vaillante entreprise, elle a grandi celui qui l'a

osée, elle le laisse meilleur qu'elle ne l'a pris.
Elle lui a donné à lui-même ce plaisir de pro-
grès qui est la plus douce récompense de
l'artiste. Que dire de la joie intime de voir
enfin au soleil ce rêve si longtemps porté dans
l'ombre de la pensée! Ceux-là seuls le com-
prendront qui ont senti la mélancolie du poème
de Sully-Prud'homme, où une statue poursuit
l'artiste transfuge de ce reproche cruel :

« ... Tu m'as vue et tu ne m'as pas faite!

HUGUES LE ROUX.

L'OEUVRE DE RABELAIS

PAR

JULES GARNIER

CATALOGUE

1. — « *Hic bibitur.* »

(*Gargantua*, liv. I, chap. i.)

2. — A grand renfort de besicles.

(*Gargantua*, liv. I, chap. ii.)

3. — Grandgousier estoit bon raillard en son temps, et Gargamelle belle gouge... faisoient tous deux souvent ensemble la beste à deux dos.

(*Gargantua* liv. I, chap. iii.)

2.

4. —Gargamelle estant grosse de Gargantua, mengea grand planté de tripes, non
obstant ses remonstrances.

(Gargantua, liv. I, chap. IV.)

5. — Apres disner, tous allèrent (pelle
melle) à la Saulsaie, et là, sus l'herbe
drue, danserent au son des joyeux fla-
geolletz et doulces cornemuses, tant
beaudement, que c'estoit passetemps
celeste les veoir ainsi soy rigoller.

(Gargantua, liv. I, chap. IV.)

6. — Propos des Beuveurs. — Puis entre-
rent en propos de reciner on propre lieu.

(Gargantua, liv. I, chap. v.)

7. —Entra en la vene creuse, et gravant
par le diaphragme jusques au dessus des
espaules (où ladicte vene se part en deux),
print son chemin à gauche, et sortit par
l'aureille senestre.

(Gargantua, liv. I, chap. VI.)

8. — Ses gouvernantes faisoient devant lui sonner des verres avecques un cousteau, ou des flaccons avecques leur toupon, ou des pinthes avecques leur couvercle. Auquel son luy-mesmes se bressoit en dodelinant de la teste, monochordisant des doigtz et barytonant du cul.

(*Gargantua,* liv. I, chap. vii.

9. — Les petitz chiens de son père mangeoient en son escuelle : luy de mesmes mangeoit avecques eux ;... ilz luy leschoient les badigoinces.

(*Gargantua,* liv. I, chap. xi.)

10. — Puis, affin que toute sa vie feust bon chevaulcheur, l'on luy feist un beau grand cheval de boys, lequel il faisoit penader, saulter, voltiger et danser tout ensemble.

(*Gargantua,* liv. I, chap. xii.)

11. — Mais, concluant, je dis et maintiens

qu'il n'y a tel torchecul que d'un oizon
bien dumeté.

(Gargantua, liv. I, chap. XIII.)

12. — Le bailler à quelque homme sçavant,
pour l'endoctriner selon sa capacité...
Thubal Holoferne, qui luy aprint sa
charte si bien qu'il la disoit par cueur au
rebours; et y feut cinq ans et troys mois.

(Gargantua, liv. I, chap. XIV.)

13. — Un sien jeune paige de Ville Gongys,
nommé Eudemon, tant bien testonné,
tant bien tiré, tant bien espousseté, tant
honneste en son maintien, que trop
mieulx resembloit quelque petit angelot
qu'un homme.

(Gargantua, liv. I, chap. XV.)

14. — Feut tant courroussé, qu'il voulut
occire maistre Jobelin... Puis commanda
qu'il feust payé de ses guaiges, et qu'on

le feist bien chopiner théologalement ; ce
faict, qu'il allast à tous les diables.

(Gargantua, liv. I, chap. xv.)

15. — N'y eut ne boys ne freslons, mais
feut tout le pays reduict en campaigne.
Gargantua y print plaisir bien grand, et
dist à ses gens : Je trouve *beau ce;* dont
feut depuis appelé ce pays la Beauce.

(Gargantua, liv. I, chap. xvi.)

16. — Je croy que ces marroufles veulent
que je leur paye icy ma bien venue.
C'est raison... Les compissa si aigrement
qu'il en noya deux cens soixante mille
quatre cens dix et huyt, sans les femmes
et petiz enfants.

(Gargantua, liv. I, chap. xvii.)

17. — Maistre Janotus, tondu à la Cesarine,
bien antidoté l'estomac de coudignac de

four et eau beniste de cave, se transporta
au logis de Gargantua.

(Gargantua, liv. I, chap. xviii.)

18. — La harangue de maistre Janotus de
Bragmardo, faicte à Gargantua pour
recouvrer les cloches.

(Gargantua, liv. I, chap. xix.)

19. — Au théologien feut livré sept aulnes de
drap noir, et troys de blanchet pour la
doubleure. Les maistres es arts porterent
les saulcices et escuelle.

(Gargantua, liv. I, chap. xx.)

20. — Après, mangeoit, selon la saison,
viandes à son appetit, et lors cessoit de
manger quand le ventre luy tiroit.

(Gargantua, liv. I, chap. xxi.)

21. — L'on desployoit force cartes.

(Gargantua, liv. I, chap. xxii.)

22. — Là jouoit aux eschetz,

(Gargantua, liv. I, chap. xxii.)

23. — ..... à trois dés,

(Gargantua, liv. I, chap. xxii.)

24. — ..... aux quilles,

(Gargantua, liv. I, chap. xxii.)

25. — ..... à la griesche,

(Gargantua, liv. I, chap. xxii.)

26. — ..... au furon,

(Gargantua, liv. I, chap. xxii.)

27. — ..... au ronflart,

(Gargantua, liv. I, chap. xxii.)

28. — ..... à la bacule,

(Gargantua, liv. I, chap. xxii.)

29. — ..... à la queue au loup,

(Gargantua, liv. I, chap. xxii.)

30. — ..... à colin maillard,

(Gargantua, liv. I, chap. xxii.)

31. — ..... à la brandelle,

(Gargantua, liv. I, chap. xxii.)

32. — ..... à la grue,

(Gargantua, liv. I, chap. xxii.)

33. — ..... au chapifou,

(Gargantua, liv. I, chap. xxii.)

34. — ..... à bille boucquet.

(Gargantua, liv. I, chap. xxii.)

35. — Ou bien alloient veoir les garses d'entour, et petitz banquetz parmy, collations et arriere collations.

(Gargantua, liv. I, chap. xxii.)

36. — S'il advenoit que l'air feust pluvieux et intempéré... estudioient en l'art de paincture et sculpture.

(Gargantua, liv. I, chap. XXIV.)

37. — Revocquoient en usage l'anticque jeu des tales, ainsi qu'en a escript Leonicus, et comme y joue nostre bon amy Lascaris.

(Gargantua, liv. I, chap. XXIV.)

38. — Alloit veoir les basteleurs, trejectaires et theriacleurs, et consideroit leurs gestes, leurs sobressaults et beau parler.

(Gargantua, liv. I, chap. XXIV.)

39. — En quel temps les fouaciers de Lerné passoient le grand quarroy, menans dix ou douze charges de fouaces à la ville. Lesdictz bergiers les requirent courtoisement leur en bailler pour leur argent au pris du marché.

(Gargantua, liv. I, chap. XXV.)

40. — Adoncques (l'armée de Picrochole) sans ordre et mesure prindrent les champs les uns parmy les aultres, gastans et dissipans tout par où ilz passoient, sans espargner ny pauvre ny riche, ny lieu sacré ny prophane.

(Gargantua, liv. I, chap. xxvi.)

41. — Il chocqua doncques si roydement sus eulx sans dyre gare qu'il les renversoyt comme porcs, frappant à tors et à travers à la vieille escrime.

(Gargantua, liv. I, chap. xxvii.)

42. — Picrochole en cholere pungitive.

(Gargantua, liv. I, chap. xxviii.)

43. — Au lendemain matin se transporta avecques la trompette à la porte du chasteau, et requist ès guardes qu'ilz le feissent parler au roy pour son profit.

(Gargantua, liv. I, chap. xxx.)

44. — Pour le tout conduire et passer feut envoyé Gallet, lequel par le chemin feist cuillir force grands rameaux de cannes et rouzeaux,... par ce voulant donner à congnoistre qu'ilz ne demandoient que paix et qu'ilz venoient pour l'achapter.

(Gargantua, liv. I, chap. XXXII.)

45. — Dont dist Echephron : Et si par cas jamais n'en retournez? Car le voyage est long et perilleux. N'est ce mieulx que dès maintenant nous repousons, sans nous mettre en ces hazars?

(Gargantua, liv. I, chap. XXXIII.)

46. — Bren! dit Gymnaste... mist le poulce de la dextre sus l'arçon de la selle, et leva tout le corps en l'air.

(Gargantua, liv. I, chap. XXXV.)

47. — Alors chocqua de son grand arbre contre le chasteau, et à grands coups

abatit et tours et forteresses, et ruyna
tout par terre.

(Gargantua, liv. I, chap. XXXVI.)

48. — Çà, çà, dist Gargantua, une esca-
belle icy auprès de moy, à ce bout. — Je
le veulx bien (dist le moyne) puis qu'ainsi
vous plaist.

(Gargantua, liv. I, chap. XXXIX.)

49. — Pourquoy les moines sont de tous
refuis, et des vieux et des jeunes.

(Gargantua, liv. I, chap. XL.)

50. — Et commenceans le premier
pseaulme, sus le poinct de *Beati quorum*
s'endormirent et l'un et l'autre.

(Gargantua, liv. I, chap. XLI.)

51. — Par ce moyen demoura le moyne
pendant au noyer, et criant à l'aide !

(Gargantua, liv. I, chap. XLII.)

52. — Ainsi s'en alla le pauvre cholerique,... feut advisé par une vieille lourpidon que son royaulme luy seroit rendu à la venue des Cocquecigrues.

(Gargantua, liv. I, chap. xlix.)

53. — La concion que feist Gargantua ès vaincus.

(Gargantua, liv. I, chap. l.)

54. — Si vous semble que je vous aye faict et que puisse à l'advenir faire service agréable, octroyez-moi de fonder une abbaye à mon devis.

(Gargantua, liv. I, chap. lii.)

55. — Au millieu de la basse court estoit une fontaine magnificque de bel alabastre.

(Gargantua, liv. I, chap. lv.)

56. — ... Et natatoires avecques les bains

mirificques à triple solier, bien garniz de tous assortemens et foizon d'eau de myrte.

(Gargantua, liv. I, chap. lv.)

57. — Si c'estoit pour voller ou chasser, les dames, montées sus belles hacquenées avecques leur palefroy gourrier, sus le poing mignonnement enguantelé portoient chascune ou un esparvier, ou un laneret, ou un esmerillon.

(Gargantua, liv. I, chap. lvii.)

58. — Hurtaly n'estoit dedans l'arche de Noë. Car il estoit trop grand; mais il estoit dessus à cheval... il luy bailloit le bransle avecques les jambes.

(Pantagruel, liv. II, chap. i.)

59. — Allez à l'enterrement d'elle, et ce

pendent je berceray icy mon fils, car je me sens bien fort altéré.

(*Pantagruel*, liv. II, chap. iii.)

60. — Et alors avecques grande puissance se leva emportant son berceau sur l'eschine ainsi lyé.

(*Pantagruel*, liv. II, chap. iv.)

61. — Affin que lesdictz escoliers passassent temps à monter sur ladicte pierre, et là banqueter à force flaccons, jambons et pastez, et escripre leurs noms dessus avec un cousteau, et de present l'appelle-on la pierre levée.

(*Pantagruel*, liv. II, chap. v.)

62. — Et, comme verisimiles amorabonds, captons la benevolence de l'omnijuge, omniforme et omnigene sexe feminin.

(*Pantagruel*, liv. II, chap. vi.)

63. — Et trouva la librairie de Sainct-
Victor fort magnificque, mesmement
d'aulcuns livres qu'il y trouva.

(Pantagruel, liv. II, chap. vii.)

64.—Comment Pantagruel, estant à Paris,
receut lettres de son père Gargantua.

(Pantagruel, liv. II, chap. viii.)

65. — Comment Pantagruel trouva Panurge, lequel il ayma toute sa vie.

(Pantagruel, liv. II, chap. ix.)

66.—Comment Pantagruel equitablement
jugea d'une controverse entre les seigneurs de Humevesne et de Baisecul,
merveilleusement obscure et difficile.

(Pantagruel, liv. II, chap. x.)

67. — Les paillards Turcqs m'avoient mys
en broche tout lardé comme un connil.

(Pantagruel, liv. II, chap. xiv.)

68. — Je me retourne arriere, comme la femme de Loth... Ainsi (dist Panurge) que je regardoys en grand liesse ce beau feu, me gabelant et disant : Ha! pauvres pulces! ha! pauvres souris!

(Pantagruel, liv. II, chap. xiv.)

69. — Voire plus de treze cens et unze chiens gros et menutz tous ensemble de la ville fuyant le feu.

(Pantagruel, liv. II, chap. xiv.)

70. — O pauvre femme! qui t'a ainsi blessée?

(Pantagruel, liv. II, chap xv.)

71. — Faisoit en quelque belle place par où ledict guet debvoit passer une trainée de pouldre de canon, et, à l'heure que passoit, mettoit le feu dedans.

(Pantagruel, liv. II, chap. xvi.)

3.

72. — Et le frater tousjours tiroit, mais tant plus se descouvroit il, jusques à ce qu'un des Messieurs de la court dist : Et quoy! ce beau pere nous veut il icy faire l'offrande et baiser son cul?

(*Pantagruel,* liv. II, chap. xvi.)

73. — Il gettoit dedans le dos des femmes qu'il voyoit les plus acrestées, et les faisoit despouiller devant tout le monde.

(*Pantagruel,* liv. II, chap. xvi.)

74. — Car d'aultant qu'elles estoyent plus horribles et execrables, d'autant il leur falloyt donner dadvantage.

(*Pantagruel,* liv. II, chap. xvii.)

75. — J'en presentay requeste à la court, me formant partie contre lesdictes damoyselles... feut dict que ces haulx cachecoulx ne seroyent plus portez, sinon qu'il

feussent quelque peu fenduz par devant.
Mais il me cousta beaucoup.

(Pantagruel, liv. II, chap. xvii.)

76. — Panurge feist quinaud l'Angloys,
qui arguoit par signes.

(Pantagruel, liv. II, chap. xix.)

77. — Il se trouva à l'église à l'heure qu'elle
alloit à la messe. A l'entrée luy bailla de
l'eau beniste.

(Pantagruel, liv. II, chap. xxi.)

78. — Et luy gasterent tous ses beaulx
acoustremens, à quoy ne sceust trouver
aulcun remede, sinon soy retirer en son
hostel.

(Pantagruel, liv. II, chap. xxii.)

79. — Mais quand ilz eurent long chemin
parfaict, et estoient jà las comme pauvres

diables, et n'y avoit plus d'olif en ly ca-
leil, ilz ne belinoient si souvent, et se
contentoyent bien (j'entends quant aux
hommes) de quelque meschante et paillarde foys le jour. Et voylà qui faict les
lieues de Bretaigne, des Lanes, d'Alle-
maigne et aultres pays plus esloignez si
grandes.

(Pantagruel, liv. II, chap. xxiii.)

80. — Carpalim rapporte venaison.

(Pantagruel, liv. II, chap. xxvi.)

81. — Ce que feit Eusthenes, et le fust rom-
pit en deux pieces tout net, sans que une
goutte d'eau tombast des verres.

(Pantagruel, liv. II, chap. xxvii.)

82. — Pantagruel print Loupgarou par les
deux piedz... Finablement, voyant que
tous estoient mors, getta le corps de
Loupgarou tant qu'il peut contre la ville.

(Pantagruel, liv. II, chap. xxix.)

83. — Et les afusta justement veine contre veine, nerf contre nerf, spondyle contre spondyle... Luy feist alentour quinze ou seize poincts de agueille, affin qu'elle ne tumbast de rechief; puis mist à l'entour un peu d'un unguent qu'il appelloit resuscitatif.

(Pantagruel, liv. II, chap. xxx.)

84. — Romule estoit rataconneur de bobelins.

(Pantagruel, liv. II, chap. xxx.)

85. — Semyramis, espouilleresse de belistres.

(Pantagruel, liv. II, chap. xxx.)

86. — Livie, racleresse de verdet.

(Pantagruel, liv. II, chap. xxx.)

87. — Cleopatra, revenderesse d'oignons.

(Pantagruel, liv. II, chap. xxx.)

88. — Neron estoit vielleux.

(*Pantagruel,* liv. II, chap. xxx.)

89. — Le pape Calixte estoit barbier de maujoinct.

(*Pantagruel,* liv. II, chap. xxx.)

90. — Dido vendoit des mousserons.

(*Pantagruel,* liv. II, chap. xxx.)

91. — Pantagruel leur donna une petite loge auprès de la basse rue, et un mortier de pierre à piler la saulce. Mais l'on m'a dict despuis que sa femme le bat comme plastre, et le pauvre sot ne se ose defendre, tant il est niays.

(*Pantagruel,* liv. II, chap. xxxi.)

92. — Feurent saisiz d'une grosse housée de pluye. A quoi commencerent se tresmousser et se serrer l'un l'aultre. Ce que

voyant Pantagruel, leur fist dire par les
capitaines que ce n'estoit rien, et qu'il
veoit bien au dessus des nuées que ce ne
seroit qu'une petite rousée.

(*Pantagruel*, liv. II, chap. xxxii.)

93. — Non proprement dilapida, comme
vous pourriez dire en fondations de mo-
nastères, etc...; mais despendit en mille
petitz bancquetz et festins joyeulx ouvers
à tous venans, mesmement tous bons
compaignons, jeunes fillettes et mignon-
nes galloises.

(*Pantagruel*, liv. III, chap. ii.)

94. — Les nouveaulx mariés estoient
exemptz d'aller en guerre affin que pour
la premiere année ilz jouissent de leurs
amours à plaisir, vacassent à production
de lignage et feissent provision de heri-
tiers.

(*Pantagruel*, liv. III, chap. vi.)

95. — Apportez moy les œuvres de Virgile, et, par troys foys avecques l'ongle les ouvrans, explorerons par les vers du nombre entre nous convenu le sort futur de votre mariage.

(Pantagruel, liv. III, chap. x.)

96. — Exceptez que par mes songeries j'avoys une femme jeune, gualante, belle en perfection... Elle me flattoit, me chatouilloit, me testonnoit, me baisoit, me accolloit, et par esbattement me faisoit deux belles petites cornes au dessus du front.

(Pantagruel, liv. III, chap. xiv.)

97. — Au coing de la cheminée trouverent la vieille. Elle est (s'escria Epistemon) vraye Sibylle et vray portraict naïfvement representé par γρυ καυινοῖ de Homere.

(Pantagruel, liv. III, chap. xvii.)

98. — Et sus le perron de la porte se recoursa sa robbe, cotte et chemise, jusques aux escelles, et leur montroit son cul.

(Pantagruel, liv. III, chap. xvii.)

99. — Je me confessay à luy avant qu'il departist de la chambre, et il me bailla en penitence non le dire ne deceler à personne.

(Pantagruel, liv. III, chap. xix.)

100. — Nazdecabre leva la main guausche en l'aer, et retint clous en poing tous les doigtz d'icelle, excepté le poulce et le doigt indice.

(Pantagruel, liv. III, chap. xx.)

101. — Mais que tous les Diables luy ont faict les pauvres diables de Capussins et Minimes ? Ne sont ilz assez meshaignez, les pauvres diables ?

(Pantagruel, liv. III, chap. xxii.)

102. — Soubdain se descharge, et vous jecte Dodin en pleine eau la teste au fond.

(Pantagruel, liv. III, chap. xxiii.)

103. — En tout mon Salmigondinoys, quand on vouldra par justice executer quelque malfaicteur, un jour ou deux davant on le face brisgoutter en onocrotale.

(Pantagruel, liv. III, chap. xxvi.)

104. — Je te donne cestuy anneau ; tandis que tu l'auras on doigt, ta femme ne sera d'aultruy charnellement congneue sans ton sceu et consentement.

(Pantagruel, liv. III, chap. xxviii.)

105. — Approchant d'elles il desbandoit son arc, fermoit sa trousse et exteignoit son flambeau par honte et crainte de leur nuire,... et s'endormoit à l'harmonie.

(Pantagruel, liv. III, chap. xxxi.)

106. — Et suys en ceste opinion (aussi estoit l'hermite de saincte Radegonde, au dessus de Chinon), que plus aptement ne pourroient les hermites de Thebaïde macerer leurs corps, dompter ceste paillarde sensualité, deprimer la rebellion de la chair que le faisant vingt et cinq ou trente foys par jour.

(Pantagruel, liv. III, chap. xxxi.)

107. — Il n'estoit encore trois pas hors l'abbaye quand les bonnes dames toutes à la foulle accoururent pour ouvrir la boyte defendue.

(Pantagruel, liv. III, chap. xxxiv.)

108. — La parolle recouverte, elle parla tant et tant, que son mary retourna au medicin pour remede de la faire taire... Remede unicque estre surdité du mary.

(Pantagruel, liv. III, chap. xxxiv.)

109. — Mais je croy que je suis descendu
on puiz tenebreux onquel disoit Hera-
clytus estre Verité cachée.

(Pantagruel, liv. III, chap. XXXVI.)

110. — PANURGE. — Or çà, de par Dieu,
me doibz je marier?
TROUILLOGAN. — Il y a de l'apparence.
PANURGE. — Et si je ne me marie poinct.
TROUILLOGAN. — Je n'y voy inconvenient
aulcun.

(Pantagruel, liv. III, chap. XXXVI.)

111. — En fin, le feist sus l'ouvroir sonner
par plusieurs foys... La court vous dict
que le faquin qui a son pain mangé à la
fumée du roust civilement a payé le
roustisseur au son de son argent.

(Pantagruel, liv. III, chap. XXXVII.)

112. — Comme vous aultres, messieurs
(respondit Bridoye), sçavoir est, quand il

y a beaucoup de sacs d'une part et de
aultre. Et lors je use de mes petiz dez.

(Pantagruel, liv. III, chap. xxxix.)

113. — Pour toute responce luy dist, brans-
lant bien fort la teste : « Par Dieu, fol
enraigé, guare moine, cornemuse de
Buzançay! »

(Pantagruel, liv. III, chap. xlv.)

114. — Contre l'opinion de tout le monde
et en maniere paradoxe à tous Philosophes, guaignent leur vie à recullons.

(Pantagruel, liv. III, chap. l.)

115. — Hors mon jardin secret, dessoubz
le mur est un ample, beau, et insigne
figuier, auquel vous autres messieurs les
Atheniens desesperez, hommes, femmes,
jouvenceaux et pucelles, avez de cous-
tume à l'escart vous pendre et estrangler.

(Pantagruel, liv. IV, prologue.)

116. — De son temps estoit un pauvre homme villageois, natif de Gravot, nommé Couillatris, abateur et fendeur de boys... Advint qu'il perdit sa coingnée.

(Pantagruel, liv. IV, 2e PROLOGUE.)

117. — « O belle memoire ! » respondit Priapus... Advint qu'ilz se rencontrerent. Que feirent-ilz ? Le chien par son destin fatal debvoit prendre le renard : le renard par son destin ne debvoit estre pris.

(Pantagruel, liv. IV, 2e PROLOGUE.)

118. — « O mon doulx amy (ce dist-elle),
Quel maillet vous voy-je empoingner?
— C'est (dist-il) pour mieulx vous coingner.
— Maillet (dist-elle), il n'en faut nul :
Quand Gros Jean me vient besoingner
Il ne me coingne que du cul. »

(Pantagruel, liv. IV, 2e PROLOGUE.)

119. — Tu as assez crié pour boire; tes prières seront exaulsées de Juppiter. Reguarde laquelle de ces troys est ta coingnée, et l'emporte.

(*Pantagruel,* liv. IV, 2ᵉ PROLOGUE.)

120. — Avez vous ici le gozal, celeste messaigier? C'estoit un pigeon pris on colombier de Gargantua.

(*Pantagruel,* liv. IV, chap. III.)

121. — Ce disant desguainoit son épée; mais elle tenoit au fourreau, comme vous sçavez que sus mer tous harnoys facilement chargent rouille.

(*Pantagruel,* liv. IV, chap. V.)

122. — Tous les aultres moutons, crians et bellans en pareille intonation, commencerent soy jecter et saulter en mer après à la file.

(*Pantagruel,* liv. IV, chap. VIII.)

123. — Sus la fin coups de poing commencerent sortir en place. Mais quand ce vint au tour de Chiquanous, ilz le festoierent a grands coups de guanteletz.

(*Pantagruel,* liv. IV, chap. xii.)

124. — Rrrourrs! hou, hou, hou! Hho, hho, hho! Frère Estienne, faisons-nous pas bien les diables? La poultre toute effrayée se mist au trot, à petz, à bonds et au gualot, à ruades.

(*Pantagruel,* liv. IV, chap. xiii.)

125. — « Qui veult guaingnier vingt escuz d'or pour estre battu en diable? — Io, io, io », respondirent tous.

(*Pantagruel,* liv. IV, chap. xvi.)

126. — Æschylus ce non obstant par ruine feut tué, et cheute d'une caquerolle de tortue, la quelle d'entre les gryphes d'une

aigle haulte en l'air tombant sus sa teste
luy fendit la cervelle.

(Pantagruel, liv. IV, chap. xvii.)

127. — Philomenes survenant, et curieuse-
ment contemplant la grace de l'asne
sycophage, dist au varlet, qui estoit de
retour : « Raison veult, puys qu'à ce
devot asne as les figues abandonné, que
pour boire tu luy produise de ce bon vin
que as apporté. » Ces parolles dictes,...
s'esclata de rire tant enormement, que
l'exercice de la ratelle luy tollut toute
respiration, et subitement mourut.

(Pantagruel, liv. IV, chap. xvii.

128. — Le bon Bringuenarilles (hélas!) mourut estranglé mangeant un coing de beurre
frays à la gueule d'un four chaud, par
l'ordonnance des medicins.

(Pantagruel, liv. IV, chap. xvii.)

4.

129. — O Parces, que ne me fillates vous
pour planteur de chous ! Zalas ! Bou bou
bou ! Otto, to to to ! Bou bou ou ou ou
bous bous ! Je naye, je naye, je meurs !
Bonnes gens, je naye !

(Pantagruel, liv. IV, chap. xviii.)

130. — En tierce foys ceste voix feut ouie
plus terrible que davant, dont advint
que Thamous respondit : « Que veulx tu
que je face ? » Lors feut icelle voix plus
haultement ouie luy disant et comman-
dant, quand il seroit en Palodes, publier
et dire que Pan le grand Dieu estoit
mort.

(Pantagruel, liv. IV, chap. xxviii.)

131. — Avecques telz dards, des quelz
estoit grande munition dedans sa nauf,
au premier coup il enferra le physetere
sur le front.

(Pantagruel, liv. IV, chap. xxxiv.)

132. — Visitez Lusignan. Là trouverrez tesmoings vieulx... que Mellusine, leur premiere fondatrice avoit corps fœminin jusques aux boursavitz, et que le reste en bas estoit andouille serpentine ou bien serpent andouillicque.

(*Pantagruel,* liv. IV, chap. xxxviii.)

133. — Lors, au mandement de frere Jean, feut par les maistres ingenieux dressée la grande truye. C'estoit un engin miri- ficque.

(*Pantagruel,* liv. IV, chap. xl.)

134. — Les Milanois s'estoient contre luy absent rebellez, et avoient l'imperatrice sa femme chassé hors de la ville ignomi- nieusement, montée sus une vieille mule nommée Thacor à chevauchons de re- bours, sçavoir est, le cul tourné vers la teste de la mule, et la face vers la crop- piere.

(*Pantagruel,* liv. IV, chap. xlv.)

135. — Federic à son retour, les ayant subjuguez et resserrez, feist telle diligence qu'il recouvra la celebre mule Thacor. Adoncques on mylieu du grand Brouet par son ordonnance le bourreau mist ès membres honteux de Thacor une figue, præsens et voyans les citadins captifz ; puys cria de par l'empereur à son de trompe, que quiconques d'iceulx vouldroit la mort evader, arrachast publicquement la figue avecques les dens, puys la remist en propre lieu sans ayde des mains. Quiconques en feroit refus seroit sus l'instant pendu et estranglé.

(Pantagruel, liv. IV, chap. XLV.)

136. — En la chapelle entrez et prenans de l'eaue beniste, apperceusmes dedans le benoistier un home vestu d'estolles, et tout dedans l'eaue caché, comme un canart au plonge, excepté un peu du nez pour respirer. Autour de luy estoient

trois presbtres bien ras et tonsurez, lisans
le grimoyre et conjurans les diables.

(Pantagruel, liv. IV, chap. xlv.)

137. — Ce diable, arrivé au lieu, s'adressa
au laboureur, et luy demanda qu'il faisoit. Le pauvre home luy respondit
qu'il semoit celluy champ de touzelle
pour soy aider à vivre l'an suyvant.

(Pantagruel, liv. IV, chap. xlv.)

138. — Lors se descouvrit jusques au men-
ton, en la forme que jadis les femmes
Persides se præsenterent à leurs enfans
fuyans de la bataille, et luy montra son
comment a nom. Le diable, voyant
l'énorme solution de continuité en toutes
dimensions, s'escria : « Je m'en voys bel
erre. Cela ? Je luy quitte le champ. »

(Pantagruel, liv. IV, chap. xlviii.)

139. — Soubdain que nos ancres feurent
au port jectées, avant que nous eussions
encoché nos gumenes, vindrent vers nous

en un esquif quatre personnes diverse-
ment vestuz.

(Pantagruel, liv. IV, chap. xlviii.)

140. — Puys y accourut le maistre d'es-
cholle avecques tous ses pedagogues,
grimaulx et escholiers, et les fouettoit
magistralement, comme on souloit fouet-
ter les petiz enfans en nos pays quand on
pendoit quelque malfaicteur, affin qu'il
leurs en soubvint.

(Pantagruel, liv. IV, chap. xlviii.)

141. — Que tout le sert et dessert feut
porté par les filles pucelles mariables du
lieu, belles, je vous affie, saffrettes, blon-
delettes, doulcettes et de bonne grace.

(Pantagruel, liv. IV, chap. li.)

142. — Après que les femmes Threisses
eurent Orpheus mis en pieces, elles
getterent sa teste et sa lyre dedans le
fleuve Hebrus.

(Pantagruel, liv. IV, chap. lv.)

143. — Telle estoit... Jacobe Rodogine, Italiane, femme de basse maison. Du ventre de laquelle nous avons souvent ouy la voix de l'esprit immonde... lorsque par la curiosité des riches seigneurs... elle estoit appellée et mandée. Les quelz, pour houster tout doubte de fiction et fraulde occulte, la faisoient despouiller toute nue, et luy faisoient clourre la bouche et le nez.

(Pantagruel, liv. IV, chap. LVIII.)

144. — Ainsi vindrent devers messere Gaster, suyvans un gras, jeune, puissant, ventru, lequel sus un long bâton bien doré portoit une statue de boys mal taillée et lourdement paincte,... ilz la nommoient Manduce.

(Pantagruel, liv. IV, chap. LIX.)

145. — Et comme le roy Antigonus, premier de ce nom, respondit à un nommé

Hermodotus (lequel en ses poësies l'appeloit dieu et filz du soleil) disant : « Mon lasanophore le nie. »

(Pantagruel, liv. IV, chap. LX.)

146. — Frere Jean à l'approcher sentoit je ne sçay quel odeur aultre que de la pouldre à canon.

(Pantagruel, liv. IV, chap. LXVII.)

147. — Exemple aultre on roy d'Angleterre Edouart le Quint, lequel, estant à ses affaires monstra à Villon les armes de France en paincture, et luy dist : « Voids tu quelle reverence je porte à tes roys françoys ?... — Sacre Dieu, respondit Villon... car seulement les voyant vous avez telle vezarde et paour si horrificque, que soubdain vous fiantez comme dixhuyct bonases de Pæonie. »

(Pantagruel, liv. IV, chap. LXVII.)

148. — Pourquoy en ce temps, non plus

tard, print fin l'antique folie? Quel mal nous estoit la folie precedente?

(Pantagruel, liv. V, PROLOGUE.)

149. — La bergere montée, l'asne suyvoit le cheval, en ferme deliberation de bien repaistre advenans au logis.

(Pantagruel, liv. V, chap. VII.)

150. — Panurge restoit en contemplation vehemente de Papegaut et de sa compagnie.

(Pantagruel, liv. V, chap. VIII.)

151. — Ils bruslent, escartelent, decapitent, meurtrissent, emprisonnent, ruinent et minent tout.

(Pantagruel, liv. V, chap. XI.)

152. — Vous autres gentils innocens, or ça, y serez bien innocentés, or ça.

(Vous serez fouettés comme les jeunes filles que l'on pouvait surprendre au lit le jour des Innocents.)

(Pantagruel, liv. V, chap. XII.)

153. — Là feut dict à Pantagruel qu'il refon-
doit les vieilles, les faisant ainsi rajeunir.

(Pantagruel, liv. V, chap. xxi.)

154. — Le soupper parfaict, feut en pré-
sence de la Dame faict un bal en mode
de tournoy.

(Pantagruel, liv. V, chap. xxiv.)

155. — Cestuy arc finissoit en une belle et
ample tonnelle toute faicte de ceps de
vignes ornés de raisins.

(Pantagruel, liv. V, chap. xxxiv.)

156. — Ceste entrée me révoque en sou-
venir la cave peinte de la première ville
du monde... Chinon, dis je...

(Pantagruel, liv. V, chap. xxxv.)

157. — L'avant-garde estoit menée par
Silenus, homme auquel il avoit sa fiance
totalle.

(Pantagruel, liv. V, chap. xxxix.)

158. — Conséquemment estoit figuré le hourt et l'assaut que donnoit le bon Bacchus contre les Indians.

(Pantagruel, liv. V, chap. xl.)

159. — Bacbuc demanda : « Qui est celuy de vous qui veut avoir le mot de la dive Bouteille? — Je, dist Panurge, vostre humble et petit entonnoir. — ..... C'est que venant à l'Oracle ayez soin n'escouter le mot, sinon d'une aureille. »

(Pantagruel, liv. V, chap. xliv.)

160. — Quand de la sacrée Bouteille issit un bruit tel que font les abeilles... Lors feut ouy ce mot : *Trinch*.

(Pantagruel, liv. V, chap. xlv.)

* 9 7 8 2 3 2 9 4 4 8 5 8 9 *